我 的 动 物 朋 友

著作权合同登记号 图字 01-2017-5618

James Herriot

Blossom Comes Home

图书在版编目（CIP）数据

老牛布罗瑟姆回家了 /（英）吉米·哈利著 ；（英）
露丝·布朗绘 ；廖美琳译 . -- 北京 ：人民文学出版社，
2017
（我的动物朋友）
ISBN 978-7-02-013268-3

Ⅰ. ①老… Ⅱ. ①吉… ②露… ③廖… Ⅲ. ①散文 -
英国 - 现代 Ⅳ. ① I561.65

中国版本图书馆 CIP 数据核字 (2017) 第 203518 号

责任编辑　甘　慧　邱小群　刘佳俊
装帧设计　高静芳

出版发行　人民文学出版社
社　　址　北京市朝内大街 166 号
邮政编码　100705
网　　址　http://www.rw-cn.com
印　　制　上海利丰雅高印刷有限公司
经　　销　全国新华书店等

字　　数　4 千字
开　　本　889 毫米 ×1194 毫米　1/16
印　　张　2.25
版　　次　2018 年 1 月北京第 1 版
印　　次　2018 年 1 月第 1 次印刷

书　　号　978-7-02-013268-3
定　　价　20.00 元

如有印装质量问题，请与本社图书销售中心调换。电话：010-65233595

老牛布罗瑟姆回家了

［英］吉米·哈利　著

［英］露丝·布朗　绘

廖美琳　译

人民文学出版社

PEOPLE'S LITERATURE PUBLISHING HOUSE

　　四月，一个和煦的早晨，我开车来到戴金先生在达罗百郊外的农场。绿草如茵的山坡延绵至河边，春日的阳光在水上起舞，鸟儿在歌唱，小羊在繁花盛开的牧场玩耍。

我看见戴金先生在奶牛棚里，便走了过去。这位农夫长着一张瘦长的脸，在无精打采的胡子的衬托下，显得更瘦长了。他人挺和善的，可总是一副愁眉苦脸的样子，这个早晨，他看上去比以往更悲伤了。

　　我是来给一些拉肚子的小猪做检查的，可戴金先生好像不急着离开畜棚。他盯着那头短角奶牛老布罗瑟姆。

　　"它要离开这儿了，哈利先生。"

　　"你是说老布罗瑟姆？为什么？"我问。

　　"我养不起了。它现在产奶不多，而我不得不靠卖足够的牛奶才能维持农场运转。杰克·多德森今天上午会过来，把它带到集市上去。"

　　他将一只手放在老奶牛背上。"看着它走，我真难过。它就像个老朋友，在那个畜栏待了十二年，为我产了数千加仑的奶。它不欠我什么。"

　　鹅卵石建成的畜栏又旧又矮，里面只有六头奶牛，用木头隔开，每头奶牛都有名字。给每头奶牛起名，这已不常见，而且，没有哪个农民像戴金先生一样，仅靠六头奶牛及为数不多的小牛、小猪和母鸡艰难度日。

　　布罗瑟姆好像知道人家在谈论自己，它转过头来，看着主人。它确实老了：皮包骨的身体盆骨突出，乳房差不多要垂到地面了。不过它的眼中流露出恳切而友善的神情，脸上表情坚忍。

戴金先生爱怜地看着奶牛，陷入沉思。我正想提议去看看那窝小猪，突然听见院子里传来咔嗒咔嗒的脚步声，只见赶牛的杰克·多德森匆匆进了畜栏。

　　"喂，戴金先生，"他喊道，"我一眼就认出你要我带走的那头奶牛了。是边上那个皮包骨的老家伙吧。"

　　他指着布罗瑟姆。说实话，站在几头油光滑亮的奶牛中间，这种刻薄的言辞用在这个瘦骨嶙峋的家伙身上，是挺贴切的。

　　戴金先生默不作声。他走到奶牛中间，轻轻地摸了摸布罗瑟姆的前额。"没错，是这头，杰克，"他解开它脖子上的绳索，"走吧，老姑娘。"他喃喃地说，奶牛转过身，平静地从畜栏走出来。

　　"快点，赶紧走！"杰克·多德森一边叫，一边用棍子戳奶牛屁股。

　　"别打它！"戴金先生吼道。

　　多德森先生奇怪地看着他。"我没打它啊，你知道的，我只是让它走快点，就这样。"

　　"好吧，"戴金先生回答，"可你别用棍子戳。你要它去哪儿就去哪儿，它一直是这样的。"

布罗瑟姆的行动证明他说得没错。它缓步穿过院子，沿着小道往上，走到公路，加入到一群肥胖的小公牛和奶牛的行列中。有个男孩和一条狗把这些牲口聚拢，在旁边围住它们。

戴金先生和我站在那儿，静静地看着布罗瑟姆不慌不忙地往山坡上走去，杰克·多德森紧随其后。小路在灰旧的畜棚后蜿蜒，人和牲口渐行渐远——可戴金先生的目光依然紧随着他们，听着牛蹄踩在坚硬的路面上，传来咯噔咯噔的声音。

　　蹄声渐渐消失后，他转过身来对我说："好了，哈利先生，我们去看看那些小猪。"

　　猪圈里有十二只嗷嗷叫的小猪，还有一头母猪。农夫轻轻地把它们一个个抓起来，抱住，我给它们注射治疗，前后花了大约十五分钟。为了打发时间，我和他聊起天气、板球比赛及别的事情，不过戴金先生只是嗯嗯啊啊地应答。我看得出，他还在为布罗瑟姆的离去而难过。

　　驱车出了农场，沿小路往上，来到大公路，我心里也惦记着那头老奶牛。布里斯托附近的村庄是我回家的必经之地。路过那儿的时候，我看见了街道尽头的牛群。多德森先生正在征收其他牲口，那个男孩和朋友在路边聊天。我看见布罗瑟姆跟在牛群后面，一直扭头往后看。

　　皮克林太太和三只矮脚长耳猎犬及巴斯特一起生活在布里斯托——巴斯特是她在某个圣诞节收留的一只猫。一个月前，有条猎犬腿部受了伤，所以今天我得去给它卸石膏。

　　我把狗抱到桌子上，然后帮它把石膏拆掉，巴斯特在一旁活蹦乱跳的，用爪子抚弄我的手逗我玩，一本正经的矮脚长耳猎犬不以为然地在一旁看着。

　　卸掉石膏后，我发现它的腿已经恢复得很好了。"没事了，皮克林太太。"我说。

　　就在那时，我看见一头没人管的奶牛从窗外快步走过。这很不寻常，因为奶牛总是有人看管的，而且，这头奶牛看上去有点面熟。我赶忙走到窗前往外看。原来是布罗瑟姆！

　　"请原谅。"我对皮克林太太说。我匆匆收拾好包裹，朝小车跑去。

　　布罗瑟姆正快步沿村道走去，眼睛坚定地看着前方，好像要奔赴某个重要的地点。到底发生什么了？这会儿它应该在达罗百集市才对啊。街上的人都看着它，它从一旁挤过去的时候，邮递员差点从自行车上摔下来。接着，它在拐角附近消失、不见踪影了。

我只好将汽车掉头，然后加快速度紧随其后，可等我绕过那个拐角，它已无踪无影，我前面的路空荡荡的。布罗瑟姆不见了——可它去哪儿了呢？

　　有一点可以肯定。我不得不返回戴金先生的农场，去告诉他布罗瑟姆逃跑了，而且还在乡间游荡。

我竭力把小车开到最快，抵达农场时，我看见戴金先生搬着一麻袋谷子从院子里经过。

　　他吃惊地看着我："你好，哈利先生。你落什么东西了吗？"

　　我正要把刚才发生的事情说出来，他突然抬起头，竖起耳朵听。"什么声音？"他说。

　　从我们上面的山坡，传来咔嗒咔嗒的牛蹄声。我们站在院子里，看见奶牛绕过地面上裸露的岩石，朝我们走来。是布罗瑟姆，它摇曳着巨乳，步履轻快，目光坚定地朝畜栏门走去。

　　"怎么回事……"戴金先生大声说道，可是老奶牛唰地从我们身边走了过去，毫不犹豫地大踏步往那个栖居了十二年的牛棚方向而去。

　　它迟疑地嗅了嗅空荡荡的干草架，然后转过头来打量着惊讶不已的主人。

　　戴金先生也盯着它看，饱经风霜的脸上，两眼潮湿，然后若有所思地将了将他的胡子。

　　铺着鹅卵石的院子传来的沉重脚步声打破了沉默，杰克·多德森气喘吁吁地径直进了门。

　　"哦，在那儿呢，你这个老无赖！"他喘着气说，"很抱歉，戴金先生。我让那小子看管了几分钟，没想到他让它跑了。"接着，他朝布罗瑟姆走去。"来吧，老姑娘，我们得把你弄出来。"

　　然而戴金先生举起手臂横在他面前，他停了下来。

　　一阵长久的沉默。多德森不解地看着农夫，因为戴金先生的目光一直未从奶牛身上挪开。老奶牛靠着摇摇欲坠的分隔板站着，目光坚忍谦卑，神情恬静高贵。

　　戴金先生依然默默无语，缓步走到奶牛中间，接着传来轻微的金属碰撞声，好像是他把链子扣在了布罗瑟姆脖子上。然后，他慢慢朝畜栏尽头走去，弄了一叉干草回来，熟练地把它们撒在木架子上。

　　这正是布罗瑟姆期待的。它啃了满满一口，满足地嚼起来。

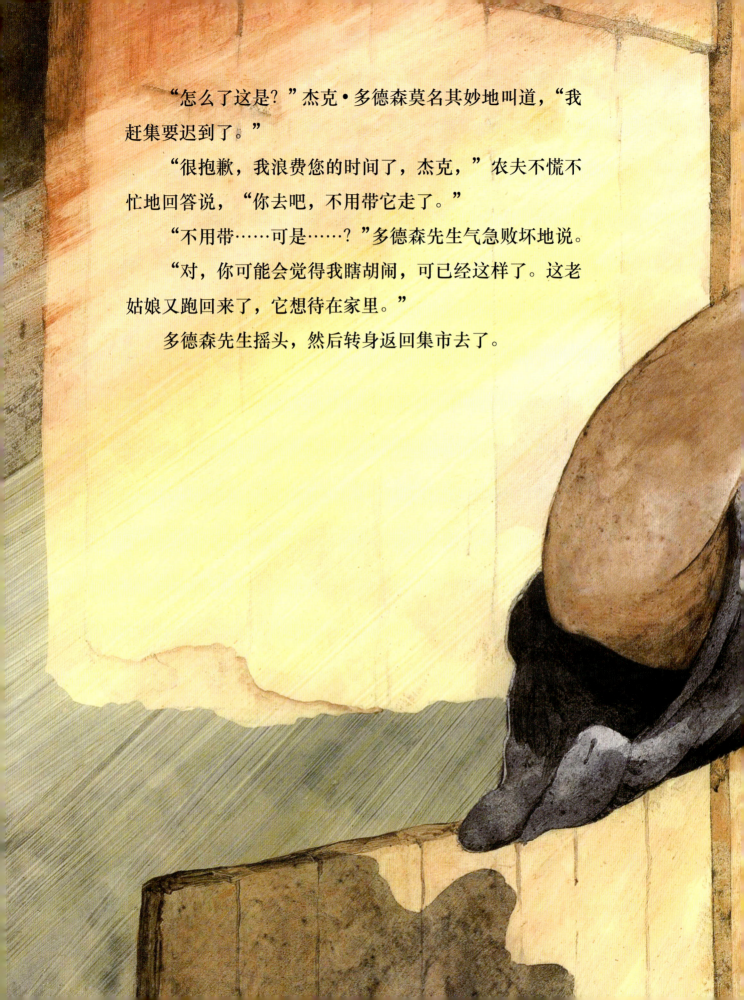

"怎么了这是？"杰克·多德森莫名其妙地叫道，"我赶集要迟到了。"

"很抱歉，我浪费您的时间了，杰克，"农夫不慌不忙地回答说，"你去吧，不用带它走了。"

"不用带……可是……？"多德森先生气急败坏地说。

"对，你可能会觉得我瞎胡闹，可已经这样了。这老姑娘又跑回来了，它想待在家里。"

多德森先生摇头，然后转身返回集市去了。

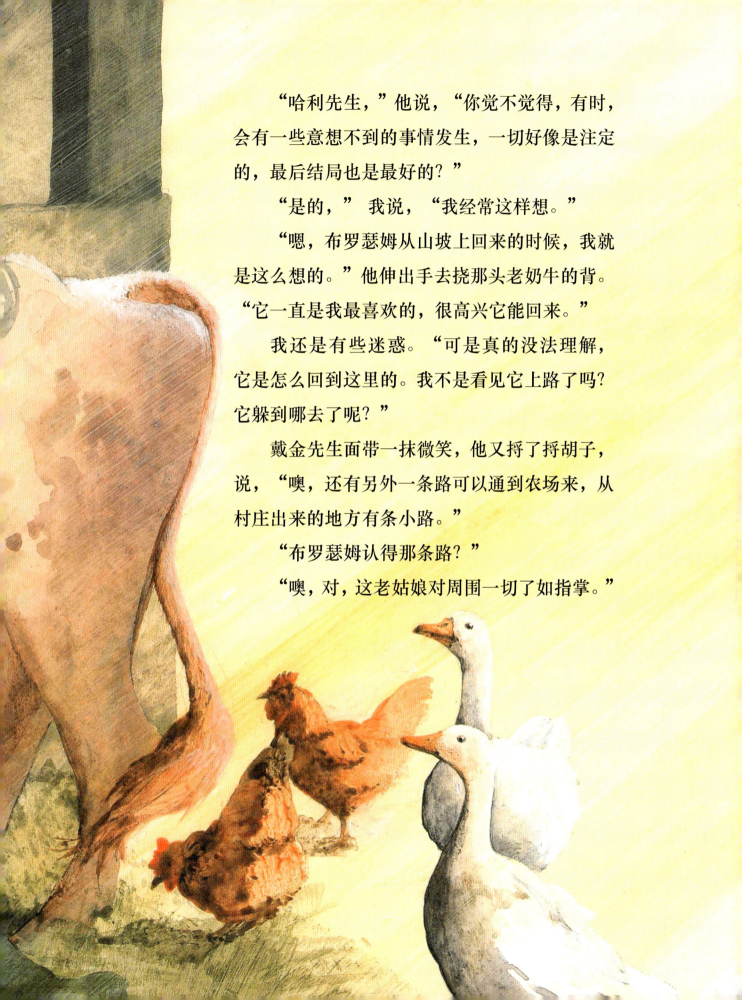

　　"哈利先生，"他说，"你觉不觉得，有时，会有一些意想不到的事情发生，一切好像是注定的，最后结局也是最好的？"

　　"是的，"我说，"我经常这样想。"

　　"嗯，布罗瑟姆从山坡上回来的时候，我就是这么想的。"他伸出手去挠那头老奶牛的背。"它一直是我最喜欢的，很高兴它能回来。"

　　我还是有些迷惑。"可是真的没法理解，它是怎么回到这里的。我不是看见它上路了吗？它躲到哪去了呢？"

　　戴金先生面带一抹微笑，他又捋了捋胡子，说，"噢，还有另外一条路可以通到农场来，从村庄出来的地方有条小路。"

　　"布罗瑟姆认得那条路？"

　　"噢，对，这老姑娘对周围一切了如指掌。"

　　我看着站成一排的六头奶牛。"你之前说，你养不起它了？"我担心地问。

　　"没错，不过我想到一个办法，"农民回答说，"我可以让它喂两三头小牛，不挤它的奶。院子对面的畜栏是空的，说不定它会很开心地待在那儿。"

　　"多好的主意啊，戴金先生。待在那边，会很舒服的，养三头小牛对它来说很轻松，这样，它可能就不用你白养了。"

　　"嗯，我并不担心那个，"农民微笑着说，"这些年以来，它不亏欠我什么。重要的是，布罗瑟姆已经回到家里来了。"

一声犬吠

集市上的
流浪狗

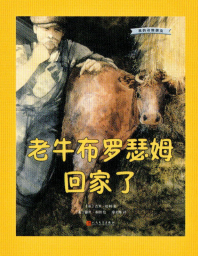

老牛布罗瑟姆
回家了

小猫的
圣诞日

吉米·哈利

我的动物朋友系列

全套八册

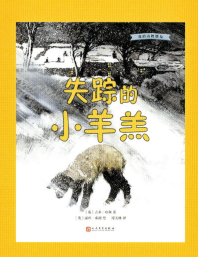

失踪的
小羊羔

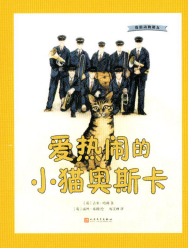

爱热闹的
小猫奥斯卡

小猫摩西

波尼的
大日子